AF314876

C. H.

DIEUZIE

PARIS

E. PLON et Cⁱᵉ, IMPRIMEURS-ÉDITEURS

10, RUE GARANCIÈRE

1880

Tous droits réservés

DIEUZIE

PARIS. — TYPOGRAPHIE DE E. PLON ET Cie, RUE GARANCIÈRE, 8.

DIEUZIE

PARIS

E. PLON ET Cⁱᵉ, IMPRIMEURS-ÉDITEURS

10, RUE GARANCIÈRE

—

1880

DIEUZIE

Il est donc vrai! Musset a connu ces ombrages [1] :
Battu par tant de flots, meurtri par tant d'orages,
Dans cette île fleurie, au pied de ce rocher,
Il est un jour venu s'asseoir et se cacher.
Repos tardif!... Déjà, dans son ardeur éteinte,
Du mal qui le minait il éprouvait l'atteinte;
Son cerveau tourmenté fléchissait; ses pensers
Ne prenaient plus leur vol, brillants et cadencés;

[1] « Au mois de septembre (de l'année 1847), raconte M. Paul de Musset dans la biographie de son frère, je le décidai à sortir de Paris; nous allâmes ensemble aux bains de mer du Croisic, et de là chez notre sœur, où Alfred se trouva si heureux, que je l'y croyais fixé pour longtemps. Il y resta un mois, et ce fut beaucoup pour lui. » La propriété où Alfred de Musset allait ainsi passer un mois est le beau domaine de Dieuzie, comprenant une partie de l'île de ce nom, située sur la Loire, à quelques lieues d'Angers.

De ses trésors semés il contemplait les restes,
Et le dégoût de vivre était dans tous ses gestes.
Du moins, dans cet abri paisible, il retrouvait
Les biens qui tout enfant entouraient son chevet,
Ces biens qui, même aux temps de détresse et d'alarmes,
Pour son âme affolée avaient gardé leurs charmes,
La famille et ses soins, la douceur d'un foyer
Que d'honnêtes propos viennent seuls égayer,
Et cette amitié sainte en ressources féconde,
Qui relève ou soutient dans ce pauvre bas monde.

Le séjour dut lui plaire : au sein de cet îlot,
Que la Loire en passant vient baigner de son flot,
Ce rocher qui surgit superbe, et qui domine
Vingt clochers à l'entour étonnés de sa mine;
Un de ses flancs à pic, un autre où par gradins
S'étagent des gazons, des bosquets, des jardins;
Puis à ses pieds un parc qui s'enfonce ou s'élève,
Plein de recoins charmants, pour abriter un rêve.

Ce rocher porte encor sur ses flancs de granit
Les tours d'un château fort, sombre et terrible nid
Jadis, nid de vautours, dont on retrouve à peine
Dans des récits confus la légende incertaine.
Les anciens châtelains, seigneurs aventureux,

N'avaient rien de la foi, ni de l'honneur des preux;
Ils vivaient de rapine et ne mettaient leur gloire
Qu'à piller les bateaux naviguant sur la Loire.
Braves pourtant, aimant les coups de main hardis,
Leur troupe de valets, de gueux et de bandits
Tenait bien la campagne, et les rois dans leurs guerres
Ne les estimaient point des alliés vulgaires.
Ce beau pays alors, héritage ou butin,
Changeait souvent de loi, de maître et de destin.
A quel prince avaient-ils engagé leur épée,
Ces batailleurs, toujours en quête d'équipée?
Je ne sais... L'un d'entre eux dans des combats obscurs
Fut vaincu, prit la fuite, et rentrant dans ses murs,
Y soutint sans espoir un siége, où son courage
D'un puissant assaillant fit déborder la rage :
Maître enfin de la place, après un long effort,
Le vainqueur se vengeant rasa le château fort.

Depuis ce jour, le long de ces tours en ruines,
Des pampres verdoyants ont poussé leurs racines :
Gai rideau!... La nature, indulgente aux humains,
Cache ou répare ainsi ce qu'ont détruit leurs mains.

Désormais ce repaire oublia ses murailles
Funestes, le carnage et le cri des batailles,

Et ne salua plus sur ses bords rassurants
Que des hôtes bénins et de doux conquérants.
René le visita, le bon roi sans défense,
Quand, vers le mois des fleurs, revenant de Provence,
Sur ses bateaux coquets, tapissés de velours,
Il parcourait la Loire avec ses troubadours.

Mais ces tableaux lointains, ces chefs d'une autre race
Dont j'aime d'ordinaire à rechercher la trace,
Devant les vieux débris subsistant sur leurs pas,
Traversent ma pensée et ne l'occupent pas.
Un nom qui les domine, une brillante image
Seule aujourd'hui m'arrête et retient mon hommage :
Musset est venu là... Musset sous ces buissons
S'est assis, ou, rêveur, a foulé ces gazons...
Et songeant à ses vers, à leur grâce infinie,
Je crois le voir, encor dans l'éclat du génie.

Le voici ! je le vois passer à vingt-cinq ans,
Bien las, mais fier encor, sous les traits élégants
    Que lui gardera ma mémoire,
Jeter insouciant l'or de son riche esprit,
Et, comme un cheval souple à la main qu'il chérit,
    Promener en jouant la gloire.

✿

Il paraît, on l'entoure; il s'éloigne, on le suit,
Et l'on ne cherche pas, tant le cœur est séduit,
  Où son caprice ardent nous mène;
On ne connaît plus rien, sinon qu'on est charmé,
Et l'on ne rougit point du soldat désarmé
  Qu'il livre à la bataille humaine.

Partout, dans Paris comme au sein de l'Orient,
Il règne, il est à l'aise, et dans son vol brillant
  Puisant aux fleurs comme une abeille,
Son vers dit tout d'un trait... — vers rapide et nouveau,
Dont l'image apparaît vive et nette au cerveau,
  Dont le rhythme enchante l'oreille.

✿

Brûlant poëte, hier dans les bois renaissants
Il murmurait un chant d'amour, et ses accents
  Étaient doux comme un heureux songe;
Aujourd'hui le voilà guettant dans la cité
Le vice qui se pare, et sous chaque beauté
  Nous faisant toucher un mensonge.

Il créait son théâtre, et dans son drame altier,
Léger, tendre ou poignant, il vivait tout entier ;
    Car ses personnages fantasques
Avaient beau se grimer, — c'était toujours Musset
Qui, sous leurs habits gais ou sombres, frémissait,
    Ou qui sanglotait sous leurs masques.

✿

Maintenant il se plaint, l'homme désespéré !...
Son cœur traîné partout, et toujours altéré,
    Ne rend plus qu'un long cri d'alarmes,
Et si touchant il est ce cri d'agonisant,
Si terrible et profond, qu'on doute si le sang
    Ne coule pas avec les larmes.

Vrai cri d'agonisant ! Celui qui l'a poussé
Sous le coup qu'il chercha ne s'est pas redressé,
    Aidé de quelque vertu sûre ;
Il restera courbé sous son poids de douleurs :
Il usera sa vie à ces stériles pleurs,
    Creusant et fouillant sa blessure.

✿

D'autres que lui, grand Dieu ! ses maîtres, ses rivaux,
Martyrs de leur génie, ont eu les pires maux,

Essuyé les pires outrages :
Misérables, errants, trahis, raillés du sort,
L'ignorance et la haine ont gêné leur essor,
    L'envie a sali leurs ouvrages ;

Ceux-là n'ont point molli, ceux-là n'ont point douté ;
Leur voix chantant l'espoir, l'honneur, la vérité,
    Nous guide encore ou nous entraîne,
Et d'espace en espace, à nos yeux apaisés
Apparaît, comme un phare au fond des temps passés,
    Leur face énergique ou sereine.

✿

Mais lui, quel désarroi !... Tant de grâce et d'éclat,
Ces dons harmonieux, cet esprit délicat,
    Ces joyaux roulant dans la fange !...
Et ce prince choyé qui ne sait pas souffrir,
Ne veut plus qu'un secours pour l'aider à mourir :
    L'ivresse et son sommeil étrange.

Ainsi plus de combat, plus d'effort, plus de foi !...
Marqué pour le malheur, l'homme n'a plus de loi...
    Ivre un jour, l'autre blême et morne,
Il erre en gémissant dans un monde souillé,

Jusqu'à ce que la mort, le prenant en pitié,
    L'écrase au coin de quelque borne.

❀

Ah! nous l'avons trop lu, ce doux Musset... ses chants
Nous disaient nos ardeurs, nos mépris, nos penchants,
    Nos craintes aux siennes pareilles...
Après nos vœux déçus, dans nos désirs pressants,
Nous avons trop souvent de ses vers caressants
    Fait les compagnons de nos veilles.

Il nous faut, pour un temps, le laisser à l'écart,
Et, dussions-nous encor le chercher du regard,
    Cet ami cher à nos souffrances,
Retrouver les vaillants qui versent dans nos seins
Les pensers vigoureux, les généreux desseins,
    Les bienfaisantes espérances!

PARIS. — TYPOGRAPHIE DE E. PLON ET Cⁱᵉ.

PARIS. — TYPOGRAPHIE DE E. PLON ET Cie, 8, RUE GARANCIÈRE.